folio
junior

Michel Tournier
LA COULEUVRINE

Illustrations
de Claude Lapointe

Gallimard Jeunesse

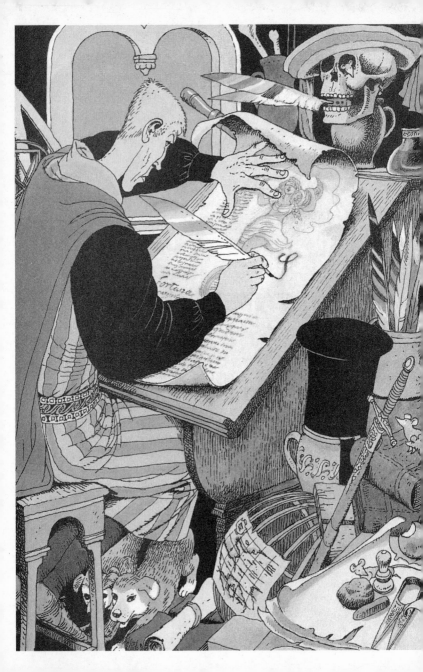

L'ENNEMI À ABATTRE

Fortuna.

Le dessin, assez grossier, représentait une femme aux formes abondantes, les yeux bandés, se tenant debout sur une roue, avec dans la main droite un fouet, dans la gauche une corne d'abondance. Fortuna, la déesse de la Chance et de la Malchance, parcourt les espaces terrestres en distribuant aveuglément coups durs et bonnes fortunes. Jérôme Faber traça en marge du dessin le signe deleatur – à détruire –, que les typographes placent en face des mots à supprimer. Pour lui, Fortuna, c'était l'ennemi à abattre, la superstition à anéantir, afin que règnent seuls la raison, le calcul, la computation limpide des choses et des événements. Ne rien laisser au hasard… Mais que de chemin à parcourir dans des ténèbres pleines d'embûches !

Il se leva, fit quelques pas dans la pièce et s'approcha de la fenêtre. Il occupait tout l'avant-dernier étage de la tour d'angle du château. Il avait choisi ce logis éloigné des appartements seigneuriaux pour jouir de sa tranquillité et avoir assez de place pour ses livres et ses manuscrits. Le château de Cléricourt se dressait au bord de la Loire dont on voyait scintiller les eaux à travers les arbres. De rares femmes soulevaient leur dos brun au milieu des pâtures, et plus loin vers le sud, le clocher du bourg de Boisrenard pointait vers le ciel pâle. Faber promena son regard sur cette campagne prospère et paisible, assoupie en cette fin d'été. Il avait répandu une poignée de grains de froment sur le bord de la fenêtre pour le plaisir de voir les oiseaux se les disputer. Un couple de colombes blanches minaudaient et se rengorgeaient justement après avoir picoré çà et là sans ardeur.

Faber les observait en souriant quand il entendit un léger sifflement, puis un choc étouffé par le plumage, et l'un des deux oiseaux frappé en pleine poitrine par une pierre bascula ébouriffé dans le chêneau de la toiture. L'autre s'enfuit épouvanté. Un rire frais éclata, et la tête d'un enfant apparut dans le créneau du rempart en contrebas. C'était Lucio, le jeune fils de Faber, et il agitait triomphalement une fronde rudimentaire formée d'un lambeau de cuir attaché à une double cordelette. Il avait de quoi triompher certes après avoir atteint l'oiseau de si loin avec un pareil engin ! Mais il aurait pu tout aussi bien frapper son père à la tête. Faber eut un mouvement d'irritation, mais le réprima aussitôt. Une fois de plus l'enfant lui inspirait un mélange d'effroi et d'admiration, agissant d'une façon inconsidérée, mais toujours avec un certain bonheur.

Ce Lucio, il l'avait ramené avec lui au terme d'un long voyage d'études dans les plus grandes universités d'Europe qui s'était achevé à Venise. Là, il aurait voulu découvrir le secret des maîtres verriers dont les miroirs, les coupes et les lustres faisaient l'admiration de l'Occident. Mais les Vénitiens mettaient la réussite de leurs chefs-d'œuvre sur le compte tantôt des sables, tantôt de l'eau, tantôt de l'air de la lagune avec un sourire moqueur. Et périodiquement, on repêchait dans le Grand Canal les cadavres d'ouvriers qui s'étaient montrés trop bavards avec les étrangers.

En 1422, la nouvelle de la mort du roi de France Charles VI et de l'avènement de son fils, alors âgé de dix-neuf ans, sous le nom de Charles VII, décida Faber à revenir en France, chez sa nièce, la comtesse de Cléricourt en pays de Loire. A défaut du secret de fabrication du cristal, il rapportait un miroir et un enfant. Ce petit Lucio, il l'avait eu d'une jeune Vénitienne morte en le mettant au monde. Faber avait ardemment espéré que Lucio lui ressemblerait. Mais, les années passant, il ne se retrouvait pas plus en lui qu'il ne se reconnaissait dans le miroir – une « sorcière », glace bombée et déformante qui lui renvoyait sa propre image grotesquement boursouflée, avec notamment une bouche démesurément grossie. Lucio était tout le portrait de sa mère, joueur et enjoué, rieur, gourmand, doué pour le bonheur – dût-il ne durer qu'une saison.

Lorsqu'il était arrivé à Cléricourt après ces années de voyage, Faber avait trouvé une situation singulièrement aggravée : les Anglais occupaient tout le nord de la France jusqu'à la Loire, sauf quelques villes et forteresses isolées. Ces territoires étaient régis par le duc de Bedford au nom du jeune roi anglais Henri VI. Il était clair que les Anglais préparaient une offensive en direction du sud : Orléans, Blois et Cléricourt, dont les murailles, bordées de douves profondes, constituaient un obstacle pratiquement infranchissable aux assauts d'une troupe traditionnelle. Mais ce qui inquiétait le comte de Cléricourt et ses conseillers, c'était l'artillerie, nouvelle venue dans la guerre de cette fin du Moyen Age. On parlait de « bombardes », canons primitifs mais gigantesques, dont les boulets énormes crevaient les murailles les plus épaisses. Contre ces monstres, il aurait fallu que les assiégés disposent d'une arme à feu légère, individuelle, permettant au tireur une visée hautement précise, pour canarder les servants de la bombarde. Au cours de ses voyages, Faber avait entendu dire que ces canons miniaturisés – on les appelait « canons à main » ou « couleuvrines » – étaient à l'étude. Mais il n'avait alors aucune raison de s'y intéresser de plus près. Il le regrettait maintenant, et il dépêcha des courriers dans des villes de l'Est et du Sud pour essayer d'en savoir davantage.

LE LION ET LE HIBOU

Tels des oiseaux marins fuyant la tempête, dès la mi-septembre, des hommes isolés, puis des familles entières commencèrent à sillonner les routes, chassés par l'avance des Anglais et des Bourguignons. Les bruits les plus sinistres circulaient sur les exactions que ces armées ennemies commettaient aux dépens des habitants. Sombre automne en vérité qui noircissait le ciel et ensanglantait les feuillages, laissant présager un hiver lugubre. Le 1ᵉʳ octobre, un cavalier venu de Beaugency se présenta au comte de Cléricourt et lui annonça que les Anglais avaient pris la ville et le seul pont existant sur la Loire entre Blois et Orléans. Le 12 octobre, dix mille hommes commandés par le comte de Salisbury se massaient sur la rive gauche et s'emparaient du fort des Tourelles défendant le pont qui mène à Orléans.

Exaspéré par la rareté et l'imprécision des informations qui parvenaient à Cléricourt, Faber n'y tint plus. Déguisé en négociant vénitien, il se mêla à la cohue qui entourait à l'époque toute armée en déplacement et qui comprenait pillards, vivandiers et putains. Il voulait observer de près ces « godons » venus d'Outre-Manche et surtout apprécier la qualité de leur artillerie que Cléricourt redoutait. Il s'était fait accompagner d'un valet qu'il avait ramené de Venise et dont l'accent n'était pas feint. C'était cet Orlando qui prenait les premiers contacts et lui ouvrait la voie. Sa stature et les armes qu'il portait ostensiblement en imposaient fort à propos à la canaille qu'ils côtoyaient à tout moment. Les beaux vêtements de Faber et une pièce glissée à l'un ou à l'autre faisaient le reste. Il gagna ainsi la confiance d'un officier d'artillerie qui commandait une batterie de six bombardes prenant en enfilade le pont et les bastilles des Tourelles et de Saint-Antoine. Il put examiner à loisir ces bouches à feu de fer forgé qui se chargeaient de poudre noire par la culasse. On évitait – à cause des risques d'explosion – de stocker la poudre, et on la fabriquait sur place jour après jour. Faber nota les proportions de salpêtre (75%), de soufre

16

(12,5 %) et de charbon de bourdaine (12,5 %) de sa composition. Il observa le fonctionnement des presses hydrauliques qui aggloméraient le mélange en galettes destinées à être ensuite lissées et découpées. Les projectiles étaient des boulets de fonte qui avaient remplacé les premiers boulets de pierre et les « garrots », sortes de flèches géantes. En comparaison des catapultes qui projetaient pratiquement au hasard pierres et feux grégeois, le progrès apporté par les bombardes était appréciable. La trajectoire rectiligne des boulets permettait théoriquement une certaine visée. Mais Faber déchanta, lorsqu'il vit ces armes à feu en action. La déflagration terrifiante, le recul brutal et les risques d'explosion de toute la pièce faisaient de chaque tir une aventure qui excluait visiblement tout calcul de la part des servants. On tirait dans la direction de l'ennemi, sans autre précision. Et, comme toujours, cette prédominance du hasard ne manquait pas de favoriser les plus grossières superstitions. Le 24 octobre, un boulet tiré par les Orléanais décapita le comte de Salisbury, chef des Anglais. Aussitôt une légende circula : le coup serait parti de la tour des remparts dite Notre-Dame et aurait donc vengé la destruction par

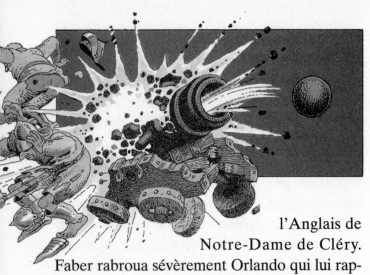

l'Anglais de
Notre-Dame de Cléry.
Faber rabroua sévèrement Orlando qui lui rapportait ces fariboles en paraissant y prêter foi.

Il décida de regagner Cléricourt. Quand il arriva à proximité de la forteresse, ce fut pour constater qu'elle était investie par une troupe hétéroclite de Bourguignons et d'Anglais. Tout ce beau monde était placé sous le commandement d'un comte d'Exmoor qui semblait prévoir un séjour assez prolongé en ces lieux à en juger par la richesse et le confort de son camp.

Faber et son compagnon se dirigèrent de nuit vers un petit bois – la Combe-aux-Geais – où débouchait dans une ancienne carrière de sable un tunnel qui menait jusqu'aux sous-sols du châ-

18

teau. Il n'eut pas de difficultés en se nommant à se faire ouvrir la porte blindée qui menait à l'escalier de la tour orientale. Le soulagement fut grand au château en le voyant revenir, car on avait craint le pire pour son compagnon et lui-même. Il s'enferma aussitôt avec le comte Hervé pour faire le tour de la situation. Il le mit au courant de ce qu'il avait appris sur les armes nouvelles. Le danger ne paraissait pas urgent de ce côté. Mais Exmoor semblait avoir tout son temps, et personne n'ignorait qu'une place investie finit tôt ou tard par tomber si elle n'est pas secourue de l'extérieur. Or, aucun allié proche ou lointain n'était à espérer dans un avenir prévisible. Il fallait s'organiser pour tenir tout l'hiver. Le comte décida que, chaque matin, se réunirait sous sa présidence une cellule de siège comprenant outre Faber, l'abbé Porcaro, Maclou, l'intendant auquel il avait donné la haute main sur les vivres, le capitaine Fulgence, chargé de la défense militaire de la citadelle et le sénéchal Vigile responsable de l'ordre dans la population civile. La police et l'armée ne se distinguant pas en l'occurrence, Fulgence devait mettre ses forces au service des décisions de Vigile. Au demeurant, il faudrait s'efforcer de mener une vie normale malgré le siège, l'artisan devant rester besogneux dans son atelier, l'enfant studieux à l'école et le moine dévot au prieuré.

La première conférence fut consacrée au recensement des hommes capables de se battre et à l'inventaire des armes détenues par la garnison et celles que la population avait déposées sur ordre du comte dans les magasins de la Bretèche. Il apparut aussitôt qu'on avait des flèches en suffisance, mais qu'on manquait gravement de viretons d'arbalète, pénurie déplorable, car il s'agissait de l'arme la plus efficace pour la défense d'une place. Rien de surprenant au demeurant, car la flèche restait un trait d'amateur, de civil, de chasseur, alors que l'arbalète était une arme professionnelle de guerre.

Les assiégés de Cléricourt faisaient connaissance pour la première fois avec la sujétion par excellence du siège : l'impossibilité de se procurer ce dont on manque ou de remplacer ce qu'on a utilisé. Ils l'éprouvèrent encore plus durement quand il fallut établir un plan de rationnement alimentaire. Les provisions de bouche étant ce qu'elles étaient, leur judicieuse répartition parmi les huit cent treize habitants de la citadelle devait assurer la survie de tous pendant les cent jours qui restaient à courir jusqu'à la fin de l'année. Ensuite, à Dieu vat ! Porcaro se chargea avec le concours des moines du prieuré de la fabrication de quatre-vingt un mille trois cents bons qui devaient être distribués à raison d'un par jour et par habitant.

Toute cette réglementation procurait à Faber une intime satisfaction. « Bonus, bonum, bonhomme », se récitait-il à mi-voix. Comme bonté, bonheur, bonjour. Il lui semblait que la rigoureuse et juste simplicité du système impliquait nécessairement joie de l'âme et santé du corps. L'égalité des parts effaçait les différences de fortune ou de classe sociale. Il se réjouissait à l'avance de respecter scrupuleusement lui-même le régime imposé par rationnement. Lorsque la cellule de siège prescrivit ensuite une heure pour le lever, un couvre-feu et une demi-journée de repos hebdomadaire, il eut le sentiment exaltant d'être l'horloger d'une immense mécanique, la citadelle elle-même, soumise à un mouvement excluant le hasard et la saute d'humeur.

Rien n'obligeait en droit féodal le comte d'Exmoor à prendre part à la campagne française de l'armée de Salisbury. Son indépendance à l'égard du duc de Bedford – qui régentait le royaume d'Angleterre pendant la minorité du roi Henri VI – ne faisait de lui qu'un allié brillant et de sa suite une force d'appoint non négligeable. Mais il était surtout l'ami personnel du capitaine John Falstaff, régent de Normandie et gouverneur du Maine et de l'Anjou pour le roi d'Angleterre. Il admirait et copiait l'allure seigneuriale de Falstaff, son appétit d'ogre, sa société tapageuse au point qu'il arrivait qu'on le prît pour lui, et rien ne le réjouissait davantage. Alors que l'armée anglaise investissait l'Orléanais, Falstaff avait dit à Exmoor : « Je te

donne Cléricourt. Prends-moi cette place incontinent et deviens comte de Cléricourt au service de notre roi Henri. » Mais Exmoor avait dû tempérer son ardeur belliqueuse en constatant la hauteur des murs, la profondeur des douves et la détermination de leurs défenseurs. Il avait dressé sa somptueuse tente d'apparat juste assez loin pour ne pas avoir à craindre un vireton d'arbalète parti d'un créneau, et surtout il s'était installé dans le bourg voisin de Boisrenard dont l'auberge ne désemplissait plus d'officiers et d'intendants anglais. Puis la vie s'était organisée et avait pris un cours paisible fait de beuveries, de palabres, de parties de dés et, de temps en temps, tout de même, d'une escarmouche avec des soldats égarés de l'autre camp. Exmoor organisait des chasses dans les bruyères et les étangs de Sologne, des fêtes dans les belles demeures des environs occupées par ses semblables, des concours de tir à l'arc, jeu national anglais. Il parcourait le pays dans un somptueux carrosse, volé sans doute dans un château voisin, et les paysans regardaient avec effarement passer cet énorme personnage poudré, frisé, chamarré et embijouté comme une idole.

Faber n'ignorait rien de la personnalité ni des habitudes d'Exmoor dans lequel il avait reconnu son exact opposé. Il ne détestait rien tant que ce genre de personnage buveur, brouillon et fastueux chez lequel – il le savait – sa froideur et son austérité provoquaient des réactions agressives. Il se félicitait en même temps que le destin lui offrît ce type d'homme comme adversaire. « Le lion et le hibou », pensait-il orgueilleusement, et il ne doutait pas que l'oiseau de Minerve, silencieux, nocturne et méditatif ne vienne à bout finalement de ce grand fauve vaniteux et braillard.

Pourtant les premiers grincements ne tardèrent pas à se faire entendre dans la belle horlogerie qu'il avait si heureusement contribué à construire. Ce fut dans la répartition des rations alimentaires que des désordres apparurent en premier. Les bons d'alimentation étaient distribués de dix jours en dix jours. Or, il apparut dès les premières semaines que certains groupes ou familles menaient grand train, buvant et festoyant des nuits entières derrière leurs portes closes, tandis que d'autres paraissaient réduits à la famine au point que les enfants mendiaient du pain dans les ruelles de la cité. Faber crut d'abord que les uns avaient vendu à prix d'or leurs rations aux autres. Le mal aurait été moindre puisqu'ils auraient touché en quelque sorte le salaire de la famine. Hélas la vérité était pire. Il fallut se rendre à l'évidence : la passion du jeu s'était répandue dans la population, et rares étaient ceux qui en demeuraient indemnes. On jouait à chaque heure et partout, mais surtout après le couvre-feu dans certains locaux aménagés en tripots, et on entendait derrière les volets clos le rugissement des disputes et des rixes.

Mis au courant de ces désordres, le comte envisagea des mesures de police, des descentes armées dans les tripots, la confiscation des dés et des enjeux, la punition des joueurs. Faber le pria de n'en rien faire. La répression seule ne guérirait pas le mal dont souffrait la population. Pour pallier le manque d'aléa auquel répond la passion du jeu, mieux valait remplacer l'ignorance et le culte de la chance par la connaissance. La guérison par l'esprit : Faber ne connaissait rien d'autre. Que faire donc en l'occurrence ? S'efforcer de substituer aux dés, jeu de pur hasard, un autre jeu, mais celui-là de pure intelligence sans aucune place pour le hasard. Car si les cartes, par exemple, reposent sur une maîtrise intelligente des règles du jeu, il n'en reste pas moins que toute partie commence par une distribution soumise, elle, au pur hasard. Faber recommandait qu'on répandît dans la cité le seul jeu – sans hasard – qui existât, les échecs, qu'il avait appris durant son séjour vénitien et qui avaient été rapportés, disait-on, par Marco Polo à son retour de Chine. Et Faber posa sur la table de la cellule de siège un échiquier avec ses trente-deux pièces, puis il entreprit aussitôt d'initier ses compagnons à ce roi des jeux qui est aussi le jeu des rois. Ils s'y mirent avec ardeur. C'est qu'ils appréciaient la subtile relation qui existe entre les règles des échecs et celles de la vie de cour. Que les tours se déplacent horizontalement et verticalement en écrasant tout sur leur passage. Que les cavaliers sautent tous les obstacles. Que les fous courent selon la diagonale. Que la dame soit la pièce la plus puissante, et le roi la plus fragile. Voilà des données qui remplissaient de gaieté narquoise ces habitués des cours et de leurs vicissitudes. On décida de mettre en fabrication des centaines d'échiquiers avec leurs pièces au grand complet et d'obliger les habitants de Cléricourt à s'initier à ce jeu nouveau.

Le défi d'Exmoor

Durant ces premiers mois du siège consacrés à l'organisation intérieure de la vie de Cléricourt, Faber n'avait guère eu le loisir de se soucier de son fils. Il le voyait rarement – à peine une fois par jour – sans cesse courant à de mystérieux rendez-vous et absorbé par des tâches énigmatiques. L'adolescent devait en principe se rendre quotidiennement au prieuré pour y recevoir des moines de l'abbé Porcaro – avec une vingtaine d'autres garnements – des leçons de latin, de théologie, d'histoire et de français. Faber feignait de croire que tout allait bien de ce côté-là, quand un incident assez grave l'obligea à s'occuper d'un peu plus près de Lucio. On vint le prévenir un matin qu'il avait été arrêté par les archers de garde, alors qu'il revenait d'une escapade hors les murs avec deux camarades de son âge. Il va de soi que l'espionnage était particulièrement redouté par les assiégés et que les sorties et les entrées, tous les échanges en général avec l'extérieur, tombaient sous le coup d'une interdiction générale. Déjà on avait pendu en grande pompe un artisan convaincu d'intelligence avec les assiégeants. Son cas était aggravé, il est vrai, par sa connaissance des fortifications auxquelles il avait travaillé.

Les trois gamins furent longuement interrogés par le prévôt et ses assistants. Il apparut vite qu'ils n'en étaient pas à leur premier exploit et qu'ils connaissaient de ce fait le nombre, la disposition et l'armement des Anglais. Ils purent fournir au capitaine Fulgence de précieux renseignements.

Faber tira deux leçons de la mésaventure. D'abord qu'il devrait surveiller davantage Lucio. Mais ce diable d'enfant s'arrangeait toujours pour que ses incartades tournent le mieux du monde !

Il fallait en convenir : Lucio avait de la chance. Il était né sous une bonne étoile, et ses étourderies les plus pendables s'achevaient presque toujours à son avantage. Faber en eut une nouvelle preuve en découvrant dans les combles d'une échauguette un vrai trésor d'Ali Baba dans lequel Lucio allait puiser secrètement. Il y avait là des vivres, des vêtements et même des bijoux à profusion. Interrogé, l'enfant avoua que c'était là ses gains au jeu de dés. Généreusement il offrit à son père de tout partager avec lui. Faber ne savait quel parti prendre.

Mais ces choses étaient encore d'un intérêt mineur. Beaucoup plus grave fut la décision qu'il prit de se livrer à des sorties hors de la citadelle à l'exemple de l'adolescent. Les risques valaient la peine d'être courus, car il importait d'observer ces Anglais et de trouver leurs points faibles. Il n'était que de reprendre sa défroque de faux Vénitien. Orlando, qui s'ennuyait, serait trop heureux d'entreprendre ces excursions avec lui.

Dès le lendemain, entre chien et loup, ils prirent le chemin de la Combe-aux-Geais par le tunnel de la tour orientale. Ils émergeaient ainsi à moins d'un quart d'heure du bourg de Boisrenard.

L'auberge dormait dans la pénombre, et c'est à peine si Faber et son compagnon purent s'y faire servir un verre.

Le serveur, Sylvain, leur fit comprendre que depuis belle lurette seuls les Anglais achalandaient l'auberge et qu'ils n'y apparaissaient pas avant le couvre-feu du camp. Ils décidèrent d'attendre. La nuit était tombée depuis longtemps quand les premiers soldats se présentèrent. C'était deux cavaliers bourguignons fourbus par une journée de marche qui rejoignaient l'état-major d'Exmoor. Ils paraissaient plus soucieux encore de leurs chevaux que d'eux-mêmes, et surveillèrent les soins qu'on leur donnait avant de s'attabler.

L'aubergiste les retint en affirmant qu'ils avaient des chances de voir arriver le commandant anglais avant la minuit. Le plus jeune, épuisé, s'était endormi sur ses coudes quand un vaste tapage signala l'arrivée d'une troupe importante. Aussitôt, Sylvain alluma toutes les chandelles de la grande salle et jeta un fagot dans la cheminée. Il y eut des cris, des rires, des jurons, des piaffements de chevaux.

Faber se demandait si Exmoor arriverait à cheval ou en carrosse. Il fut surpris de le voir descendre lourdement d'une chaise à porteurs géante dont les brancards étaient attelés à deux belles juments blanches. Il se dirigea d'autorité vers la grande table de la salle.

Il était tel que Faber l'avait imaginé, grotesque et magnifique, chaussé de bottes à cuissards et coiffé d'une perruque blonde et frisée. Faber nota qu'il parlait avec ses compagnons un français altéré – l'anglo-normand – mais compréhensible. Il fut rebuté en revanche par la boisson que l'aubergiste se hâta de servir dans des grands pots de terre, un mélange d'orge et de houblon venu récemment d'Allemagne sous le nom d'« Hoppe Hopenbier ». Quand on parle français, on boit du vin que diable !

A peine la soldatesque assise, des cornets à dés surgirent d'on ne sait où, et tout le monde se jeta avec des rugissements dans un jeu d'enfer.

Faber observait la tablée avec une vigilance passionnée. Ainsi donc ces dés maudits qui rongeaient l'ordre et la concorde de la citadelle assiégée accomplissaient les mêmes ravages dans le camp des assiégeants. Et pour la même raison évidemment, l'ennui, le besoin d'insuffler dans une atmosphère irrespirable des bouffées d'aléas artificiels. Il lui semblait tout à coup qu'assiégés et assiégeants, de part et d'autre des murailles de Cléricourt, se ressemblaient, comme si ces murailles n'avaient été qu'un vaste miroir renvoyant à chaque camp sa propre image. Et il songea avec dégoût à la grande sorcière vénitienne qui brillait sombrement dans le fond de sa chambre.

La salle se remplissant, des hommes en vinrent à prendre place à la petite table occupée par Faber et Orlando. On lia conversation. Faber posait de rares questions et écoutait avec attention les réponses et les commentaires qui s'ensuivaient. Il voulait à tout prix se faire une idée aussi complète que possible de la condition des assiégeants. Elle lui parut à nouveau étrangement comparable à celle des assiégés. Car si les assiégés sont prisonniers en quelque sorte des assiégeants, ces derniers de leur côté se trouvent retenus et immobilisés par les assiégés. Certes les assiégeants jouissent du contact avec le pays environnant dont les assiégés sont au contraire coupés. Mais cet avantage se paie par une organisation plus lâche, par la menace de désertions ou d'infiltrations, par la tentation constante de lever le siège, menace et tentation qui existent sans doute aussi sous une autre forme dans le camp des assiégés, mais à un bien moindre degré. Car la reddition de la garnison et l'ouverture des portes de la citadelle entraînent des conséquences d'une gravité dramatique. Bref la citadelle assiégée possède une rigueur et une solidité bien supérieures à celles du camp des assiégeants, et Faber songeait que Cléricourt constituait une image idéale aux yeux des Anglo-Bourguignons retenus ainsi sous ses murs par une sorte de fascination. « Comme des papillons de nuit autour d'une lanterne », murmura-t-il avec un frisson d'orgueil, car la lanterne, c'était lui qui l'avait allumée et qui l'entretenait.

Les vociférations continuaient à la grande table et les pièces de monnaie glissaient avec violence d'un joueur à l'autre. Le grand

 gagnant était visible-
ment Exmoor. Ses gains
formaient devant lui un
monceau d'argent que
ses mains chargées de
bagues caressaient dis-
traitement. Lassé par
le jeu, il fit enfin une
pause, puis il accomplit
un geste dont personne ne parut s'offusquer,
mais qui sembla grotesque et répugnant à Faber.
Comme incommodé par la chaleur, il ôta
l'énorme perruque qui le coiffait et la planta
tout bonnement sur le pot à bière le plus
proche. La métamorphose était saisissante.
Privée de sa crinière dorée – qui lui prêtait une
puissance et une innocence léonine – sa tête
apparut dans son obscène nudité, trogne rou-
geaude et triste, dont les gros yeux chagrins
baignaient dans les larmes.

Les convives avaient fait silence, comme s'ils
assistaient à une scène habituelle dont ils
connaissaient l'importance et le déroulement.
Exmoor fixait sa perruque avec tant d'insis-
tance qu'il parvenait à lui transmettre une sorte
de vie d'emprunt. Soudain Faber n'en crut pas

ses oreilles. Une petite voix aigre et impérieuse sortait de la perruque. Elle disait : « Johnny, tu n'as pas confiance ! Tu t'inquiètes. Tu es trop heureux au jeu ! »

– C'est vrai, répondit Exmoor. Trop de chance aux dés est de mauvais augure. La chance, nous n'en possédons chacun qu'une certaine quantité. Si nous la gaspillons pour une poignée d'écus, il n'en reste plus pour les grandes choses. Un soldat en campagne devrait se féliciter de souffrir de rhumatismes, d'être trompé par sa femme ou de perdre sa solde aux dés. Chacune de ces mésaventures serait un pas vers la victoire de ses armes.

– Pauvre grosse baudruche dégonflée ! ricana la perruque. Dépêche-toi de me replacer sur ta tête. Tu es comme Samson, ta force est dans ta chevelure. Avec moi, tu es un milliardaire de la chance. Tu peux impunément gagner au jeu et gagner ensuite des batailles. Pourquoi crois-tu que les hommes portent perruque ? Pour se protéger de la pluie du ciel ou des crottes des oiseaux ?

Exmoor avait tendu la main d'un geste fatigué vers la perruque. Il s'en saisit et la replaça sur sa tête. Puis, secoué d'une sorte de transe coléreuse, il assena sur la table un coup de poing qui fit tressauter les coupes et les carafes.

– *For God's sake*, monsieur le Vénitien, qui observez depuis une heure Exmoor, le roi des ventriloques, savez-vous ce qu'était au juste la Toison d'Or que Jason et ses Argonautes sont allés chercher en Colchide ? C'était une perruque, monsieur le Vénitien, c'était ma perruque, la bavarde qui me prend à parti dès que je m'en sépare ! Eh bien, je vous défie aux dés, monsieur le Vénitien. Mettez sur la table l'enjeu qu'il vous plaira et demandez-moi ce que vous voulez. Et toi, Sylvain, apporte-moi du vin et ma coupe de Murano pour montrer à Monsieur que sans être vénitiens, nous buvons néanmoins dans du cristal.

Faber avait été surpris de s'entendre soudain interpeller par Exmoor, alors qu'il croyait passer inaperçu dans la foule et le bruit. Ce diable d'homme avait l'œil ! Il regardait médusé cette face bovine coquettement agrémentée de frisettes et d'accroche-cœurs, ce cou de taureau qui émergeait d'une collerette de mousseline et de dentelle. Exmoor surveillait Sylvain qui avait sorti d'un coffret une coupe de cristal bleuté et la

posait respectueusement devant lui, mais il jetait parfois des regards furieux en direction de Faber, et, comme s'il lisait dans ses pensées, il l'apostropha à nouveau.

– Vous me trouvez ridicule, hein ? Eh bien, monsieur le Vénitien, c'est que vous jugez en roturier que vous êtes ! Car c'est vrai que le ridicule vous tuerait sur le coup, si vous vous permettiez le quart du dixième des coquetteries dont j'affuble mon superbe mufle. Le moindre colifichet culbuterait votre personnage de pète-sec surmonté de votre face de chat-huant. Tandis que moi, bon Dieu, grâce à mes seize quartiers de noblesse, je pourrais me planter dans le cul le panache de plumes qui se balance sur mon casque sans susciter autre chose chez mes soldats qu'un surcroît de vénération.

Il s'interrompit pour vider la coupe que Sylvain avait remplie. Faber en profita pour se lever et s'approcher de son fauteuil.

– Comte Exmoor, lui dit-il, je n'ai jamais dissimulé mes origines roturières, car je n'en ai pas honte. C'est vrai que mon père était maître ébéniste et ma mère fille d'artisan de la même corporation. Ils m'ont appris le respect de la noblesse, et je ne songe pas à rire de vous quoi que vous fassiez de surprenant. Mais, je me suis consacré à l'étude et j'ai le culte de l'intelligence. Vous me pro-posez de jouer contre vous aux dés, et moi, je vous demande cette coupe admirable contre un enjeu de grande valeur également. Il s'agit d'un miroir vénitien lui aussi, un miroir bombé de type « sorcière », lequel vous donnera de vous-même une image exorbitante à souhait.

– C'est bien, grogna Exmoor, je mets ma coupe en jeu. Faites apporter votre miroir, nous verrons bien !

– Comte Exmoor, reprit Faber, cela ne peut se faire sur-le-champ. J'habite trop loin d'ici et mon miroir n'est pas un mince objet. Pouvons-nous remettre notre partie à trois jours ?

– Va pour mercredi, mais alors au camp, dans ma tente, après le coucher du soleil, répondit Exmoor visiblement excédé.

– Encore une demande, insista Faber. Je n'ai pas trop de goût pour les dés, un jeu où le hasard a trop de part, me semble-t-il. Je vous propose de

41

nous mesurer aux échecs, le jeu des rois et le roi des jeux, dans lequel seule l'intelligence commande.

– Aux dés, aux échecs ou à tout autre jeu que tu voudras ! éclata Exmoor. A-t-on jamais vu un pareil faiseur de simagrées ! Et maintenant laisse-moi achever de ruiner tout mon état-major !

Et il brandissait en le secouant le cornet à dés.

Faber s'était efforcé de garder secrète son escapade à Boisrenard. Pourquoi faire naître des questions et donner un mauvais exemple que Lucio n'était que trop enclin à suivre ? Mais Porcaro devait savoir à quoi s'en tenir, car il entreprit Faber un soir en ces termes :

– Savez-vous, mon bon ami, que selon la tradition hellénistique, ce serait un certain Palamède qui aurait inventé vos chers échecs pour distraire les Grecs pendant le siège de Troie ? Un bien curieux homme, ce Palamède. Il s'était fait d'Ulysse un ennemi mortel en l'obligeant à prendre part à l'expédition des Grecs contre Troie. Pour ne pas partir, Ulysse simulait la folie en labourant la plage et en y semant du sel. Un fort joli amalgame, par parenthèse, de la pêche et de l'agriculture. Palamède plaça l'enfant Télémaque devant la charrue. Pour épargner son fils, Ulysse détourna ses bêtes, preuve qu'il était sain d'esprit. Il partit donc avec Agamemnon. Mais la rancune bouillait en lui. Sous les murs de Troie, il falsifia des documents pour faire accuser Palamède d'intelligence avec l'ennemi. Le malheureux fut lapidé comme traître. Et pourtant il avait inventé les échecs. Je me demande parfois, voyez-vous, s'il n'y a pas un rapport quelconque entre ce jeu si puissamment intelligent et cette intelligence avec l'ennemi qui perdit Palamède.

Il s'était pourtant docilement initié au jeu d'échecs et s'il perdait encore régulièrement face à Faber, ses progrès étaient si rapides que tous les espoirs lui semblaient permis.

– Vous me battrez bientôt, lui disait parfois Faber, et comme j'ai été votre professeur, ce sera le plus grand hommage que vous pourrez me rendre.

Porcaro n'en restait pas moins critique à l'égard de ce « roi des jeux ». Il dit un jour à Faber :

– Vous vous efforcez de substituer les échecs au jeu de dés dans la citadelle, parce que, dites-vous, les dés ne sont que hasard, tandis que dans les échecs seule compte l'intelligence. Mais il est faux que le hasard n'ait aucune place dans les échecs. Il est là, et dès avant que commence la partie. Oui bien, le ver est dans le fruit, mon bon ami, quoi que vous disiez !

Faber qui savait où Porcaro voulait en venir feignait l'étonnement.

– Mais si, mais si, insistait Porcaro. Avant de jouer, on tire au sort pour attribuer à l'un des joueurs les pièces blanches, à l'autre les noires. Et ce sont les blanches qui ouvrent la partie. C'est un avantage indiscutable, et si deux joueurs d'égale force sont face à face, immanquablement la victoire reviendra à celui auquel la chance a accordé les blancs.

A cela Faber répondit d'abord que l'hypothèse de deux joueurs d'égale force était tout à fait chimérique en pratique.

– Quant à ce prétendu avantage que donnerait l'initiative du premier coup, il est contestable, et je me fais fort de prouver que les noirs peuvent toujours avoir le dessus. Quand deux armées s'affrontent, oseriez-vous prétendre que la victoire revient forcément à celle qui ouvre la première le combat ?

Mais Porcaro ne se laissait pas convaincre.

Il rappela une légende concernant l'origine des échecs qui, selon lui, démontrait la présence du fantastique, voire de la diablerie dans ce jeu. Le calife d'Ispahan, raconte-t-on, s'ennuyait. Il promit à celui qui lui apporterait un jeu capable de le distraire la récompense de son choix, quelle qu'elle fût. C'est ainsi que furent inventés la belote, le bilboquet, le croquet, les dominos, le jeu d'oie. Mais chaque fois le calife remuait la tête avec une moue lassée. Jusqu'au jour où un inconnu venu d'un pays lointain lui apporta un échiquier avec ses trente-deux pièces, et le mit au fait des règles du jeu.

L'enthousiasme du calife faisait plaisir à voir. Il demanda aussitôt à l'inconnu ce qu'il désirait comme récompense. Voulait-il le gouvernement d'une province, l'une des princesses de la cour en mariage, son propre poids en or ou en pierreries ?

– Non, répondit l'homme. Je veux du riz. Une certaine quantité de riz.

Le calife s'étonna de tant de modération. Mais quelle était cette quantité de riz qu'il demandait ?

– Celle indiquée par l'échiquier lui-même, répondit l'inconnu. C'est-à-dire un grain pour la première case, deux pour la seconde, quatre pour la troisième, huit pour la quatrième, et ainsi de suite en doublant à chaque fois jusqu'à la soixante-huitième case.

Le calife ordonna aussitôt à ses comptables de calculer le nombre des grains ainsi totalisés. Sa surprise fut grande quand ces hommes experts ne demandèrent pas moins de huit jours pour effectuer ce calcul. Elle fut plus grande encore quand il apprit que les grains ainsi comptés équivalaient à la récolte totale de son royaume pendant un siècle.

Faber avait écouté cette légende les sourcils froncés, en se doutant bien qu'elle se termine-rait par quelque piège de la façon de Porcaro.

– Et quel est donc ce chiffre exactement ? demanda-t-il.

Le moine leva les bras au ciel. Il n'était pas mathématicien, et Faber lui-même serait bien plus capable que lui de le déterminer.

– Mais voyez-vous, ajouta-t-il, cette histoire

ressemble furieusement à la théorie de l'atavisme dont je vous entretenais il y a peu. Car le nombre de nos parents double à chaque génération, tout à fait comme celui des grains de riz à chaque case. Et comme on compte cinq générations par siècle, les soixante-quatre cases de l'échiquier correspondraient à moins de treize siècles, ce qui n'est pas une durée vertigineuse.

Faber se mit au travail le soir même. Il calcula une bonne partie de la nuit.

Le ciel pâlissait à l'est quand il arriva au nombre formidable de :

18.446.744.073.709. 551.615.

UNE ÉTRANGE PARTIE D'ÉCHECS

Il eut sans doute mieux valu pour le moral des assiégés qu'ils eussent à repousser l'assaut des Anglais ou mieux encore qu'ils tentassent des sorties pour détruire leurs travaux d'approche, mines, circonvallations, tranchées ou chaussées destinées aux tours d'assaut. Mais les Anglais ne faisant rien, les Français se morfondaient dans une inaction déprimante. Le rationnement des vivres était gravement perturbé par le trafic et la corruption. On avait constaté d'importants détournements dans les greniers et les caves où s'entassaient les vivres de toute la cité. On avait fouetté en public l'un des intendants convaincu de malversation. Mais Faber tremblait qu'un jour ou l'autre son propre fils, cet insupportable Lucio, soit impliqué lui aussi dans une méchante affaire.

Comment composerait-il entre son amour paternel et sa responsabilité morale face au comte et à la population ?

De plus en plus, cette population se lassait du siège et inclinait vers une reddition pure et simple aux Anglais. Seuls la retenaient des récits qui filtraient, on ne sait trop comment, et qui relataient des atrocités commises par la soldatesque dans les fermes isolées et les hameaux voisins.

L'ardent désir de voir le siège prendre fin s'était concrétisé dans un objet baroque répondant à une coutume immémoriale : la couronne obsidionale. C'était une couronne végétale qui rappelait la couronne d'épines du Christ afin de symboliser la misère pitoyable des assiégés. Selon la tradition, elle était composée de méchantes plantes végétant dans les cours et sur les remparts de la ville. Faber l'avait découverte posée aux pieds d'une statue de saint Georges dans la chapelle du château. Il reconnut parmi les tiges grossièrement tressées ensemble, outre des ronces et des orties, les fleurs austères de la bourrache, des plants de saxifrage – appelé « casse-pierre » parce qu'il dégrade les toitures et les pavements des terrasses –, les feuilles rudes et poilues de la jusquiame – dite aussi « herbe aux décombres » – enfin un pied d'ellébore noir dont les « roses de Noël » mettraient peut-être dans quelques semaines une note de douceur dans ce bouquet aride jusqu'à la dérision. La couronne obsidionale attendait dans toute ville assiégée la fête de la délivrance. Elle devait récompenser celui ou celle qui avait le mieux contribué à chasser l'assiégeant.

Faber trouva en revanche un grand réconfort dans le retour d'un des courriers qu'il avait dépêchés dans plusieurs villes réputées pour leurs armureries, afin de tenter d'en apprendre davantage sur certaines bouches à feu légères récemment inventées. Cet homme ramenait avec lui de la ville de Turin un maître cannonier, et ils portaient ensemble, dissimulé dans une housse de tissu, un objet allongé pesant environ le poids d'un enfant de cinq ans.

C'était l'une des premières couleuvrines, canon miniaturisé, d'une maniabilité inconnue à ce jour, un « canon à main », tel que deux hommes suffisaient à le servir.

Dès le lendemain, ce bijou de l'armurerie piémontaise était présenté aux membres de la cellule de siège. Le maître cannonier expliqua qu'outre sa légèreté la couleuvrine possédait l'avantage révolutionnaire d'être chargée, non par l'arrière (culasse) – système qui laisse échapper une forte quantité de gaz – mais par la gueule. Le problème de la mise à feu était résolu par une « lumière », petit orifice d'où sortait une mèche ou dans lequel on introduisait un fer rougi au feu. Le canon pouvait être assujetti à une crosse en bois qui prenait appui au creux de l'épaule du tireur, mais un système d'étriers permettait également de fixer l'arme dans l'espacement d'un créneau. Les balles de plomb avaient la grosseur d'un pouce et la forme d'un cylindre pointu à son extrémité.

Ce qui enthousiasmait Faber, c'était surtout la précision et la rapidité du tir que promettait le maître piémontais. On possédait ainsi la réplique idéale au terrible danger que les grosses bombardes faisaient courir à toute ville assiégée. Le grand bouclier de bois, qui mettait les servants de la bombarde à l'abri des flèches des arcs et des arbalètes, serait percé et déchiqueté par les balles de la cou-

leuvrine avant même qu'un seul boulet ait pu être tiré.

Faber ne se lassait pas de soupeser et de caresser l'arme élégante et lisse, façonnée en fer forgé. Il remarqua finalement une marque de fabrication : c'était un minuscule échiquier de soixante-quatre cases, gravé dans le métal. Ce rappel du jeu sans hasard sur cette arme de haute précision le combla de satisfaction.

Le soir même, la couleuvrine fut fixée à l'aide de ses étriers sur le rempart, face au camp anglais dont on apercevait le sommet pointu des tentes.

Le mercredi, Faber se présenta à l'entrée du camp anglais, accompagné d'Orlando et d'un serviteur qui portaient ensemble le miroir enveloppé dans une housse. Un quatrième homme les suivait.

C'était l'abbé Porcaro, nommé pour l'occasion arbitre de la rencontre. Comme on ne pouvait faire confiance aux Anglais, il transportait dans un coffret plat l'échiquier et les trente-deux pièces d'un jeu d'échecs fabriqué sur les indications de Faber par un ébéniste de Cléricourt.

Les quatre hommes furent introduits dans une première tente militaire qui paraissait un salon d'antichambre, et aussitôt un archer vint avertir Faber que le commandant l'attendait dans sa *stewhouse*.

Faber le suivit sans comprendre et fut surpris de se trouver soudain enveloppé de vapeurs à travers lesquelles retentissaient des rugissements de bienvenue. C'était une véritable étuve avec un four en briques réfractaires et une vaste cuve fumante. En s'approchant, Faber distingua Exmoor qui y barbotait, nu comme un dieu Silène.

– Je rentre de la chasse, dit-il. J'ai tué un sanglier et six lièvres. Je ne connais rien de mieux que l'étuve pour se délasser. Venez me rejoindre incontinent !

Faber était si surpris qu'il se laissa déshabiller par un garçon de bain engoncé dans un immense sarrau, et il se trouva bientôt assis dans la cuve dont l'eau lui parut d'abord d'une chaleur presque insupportable.

– Vous souffrez, n'est-ce pas ? lui demanda hilare son énorme compagnon. C'est une question de noblesse. Mon maître Sir John Falstaff prend des bains à une température que lui seul absolument peut supporter. Quel homme admirable ! Vous ne vous plaindrez pas de la chaleur de mon accueil, ah, ah, ah ! Vous comprenez maintenant pourquoi notre bon roi Henri IV a créé l'Ordre du Bain ? Détendez-vous. On va nous apporter à boire et à manger sur des plateaux flottants.

Faber engourdi par la touffeur n'écoutait pas ce flot de paroles qui se perdait dans le clapotis de l'eau et le ronflement du feu. Brusquement il n'eut plus personne devant lui.

Exmoor avait plongé. Il émergea quelques secondes plus tard en soufflant et en crachant. Ses gros yeux de poisson regardaient un point éloigné, dans une sorte de cabine attenante à l'étuve. A travers les nuées blanches, Faber distingua une sorte d'épouvantail, l'uniforme du commandant posé sur un valet de bois et surmonté par sa perruque. Exmoor la fixait intensément, et la mômerie de l'auberge de Bois-renard recommença.

– Je te trouve bien imprudent de te baigner sans perruque, prononça la perruque de sa voix aigrelette. Tu mériterais de te noyer. Tu sais comment on sauve un homme qui coule ? En l'attrapant par les cheveux !

Exmoor se tourna vers Faber.

– Vous voyez comme elle me tyrannise ! lui dit-il. Je vous envie d'ignorer toute superstition et de ne vivre que sous l'empire de la Raison. Ah, ce n'est pas une mince affaire de se concilier Fortuna. Mais, quand enfin elle consent à vous sourire… Ah le sourire de Fortuna !

Et sa large face s'épanouissait de bonheur dans les vapeurs qui l'enveloppaient comme une apparition magique.

Lorsque Faber précédé par Exmoor entra dans la tente d'honneur, Porcaro et ses deux compagnons les y attendaient, et ils avaient tout préparé pour la confrontation.

L'échiquier était posé sur une table basse avec les trente-deux pièces rangées à leur place, comme en formation de combat.

Un enfant qu'on était allé chercher aux cuisines tendit à Exmoor ses deux poings fermés.

Le commandant s'effaça devant Faber.

– Vous êtes mon invité, dit-il, à vous de choisir.

Faber toucha du doigt le poing gauche de l'enfant. Celui-ci retourna sa main et l'ouvrit : c'était un pion blanc.

– Prenez place devant les blancs, seigneur Faber, dit Porcaro, et vous, commandant Exmoor, asseyez-vous ici. La partie commencera quand vous le voudrez. Les blancs ouvrent le jeu.

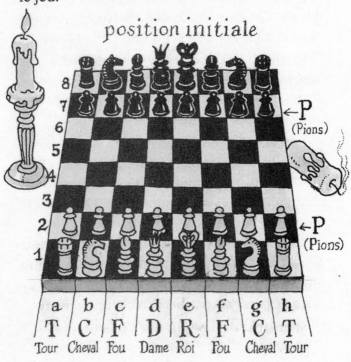

position initiale

58

Il y eut un silence.

Sous la vaste tente somptueusement décorée de tapisseries et meublée comme une salle de château, une foule d'officiers et d'intendants civils entourait debout les deux joueurs. Le miroir-sorcière et la coupe de cristal bleu étaient posés en pleine lumière sur une crédence.

Exmoor roulait des yeux terribles et agitait les boucles de sa perruque, comme pour manifester une terreur bouffonne.

Faber était pâle comme un cierge. Il tendit lentement la main vers l'échiquier et joua :

Blancs	Noirs
1) **e2 - e4**	

Exmoor répondit classiquement par **d7 - d5**

Puis les coups s'enchaînèrent tous sans surprise :

Blancs	Noirs
2) **e4 - e5**	**d5 - d4**
3) **c2 - c3**	**f7 - f6**

A ce moment une diagonale de pions blancs et noirs traversait très curieusement l'échiquier, de **la tour blanche « a1 » à la tour noire « h8 »**.

Blancs	Noirs
4) **e5 x f6**	**d4 x c3**
5) **f6 x e7**	**c3 x d2+**

La dame noire est en prise, mais les blancs doivent sortir de leur échec.

Faber joua :

6) **Fcl x d2**

Exmoor répliqua :   **Ff8 x e7**

7) **Cgl - f3**   **Cb8 - c6**

8) **Cbl - c3**   **Cg8 - f6**

9) **Cc3 - e2**   **Cf6 - d7**

10) **Cf3 - d4**   **Cc6 - e5**

Visiblement la dame noire bloquée forme une cible de choix.

Sûr de son coup, Faber joua :

11) **Cd4 - e6**

Mais Exmoor répondit génialement par :

Ce5 - d3.

Il y eut un moment de stupeur. Puis la voix de Porcaro laissa tomber ces mots incroyables :

– Seigneur Faber, vous êtes échec et mat !

Toute la tente éclata en cris de joie et en applaudissements. Exmoor avait retiré sa perruque et la couvrait de baisers frénétiques. Porcaro fit de grands gestes pour rétablir le silence. Enfin, il déclara que la revanche allait avoir lieu.

Traditionnellement, le vaincu jouait les blancs, donc le seigneur Faber gardait sa place et le seigneur Exmoor jouait à nouveau avec les noirs. Après un moment de méditation,

Faber ouvrit le jeu comme lors de la première partie par :

Blancs	**Noirs**
1) **e2 - e4**	

Exmoor réagit identiquement par **d7 - d5**

Mais ensuite la partie prit un tout autre cours.

2) **d2 - d3**	**e7 - e6**
3) **Cg1 - f3**	**Cb8 - c6**
4) Fc1 - g5 menaçant la dame noire.	

Mais Exmoor réagit puissamment en mettant le roi blanc en échec : **Ff8 - b4+**

Faber sort de l'échec par :

5) **Re1 - e2**

Exmoor sauve sa dame par : **Dd8 - d7**

6) **Cb1 - c3**	**Cg8 - f6**
7) **a2 - a3**	

A cette menace sur le fou, Exmoor réplique par une menace symétrique : **h7 - h6**

8) **Fg5 - h4**	**Fb4 - a5**
9) **e4 - e5 c**	**d5 - d4**
10) **Cc3 - a4**	**Cf6 - h5**

Faber s'empare brillamment de la case faible c5 :

11) **Ca4 - c5**

La dame noire est attaquée et n'a qu'une case de fuite.

Mais Exmoor réplique par un trait foudroyant :

Ch5 - f4 +

Un silence de mort pesa sur les deux joueurs. Exmoor leva vers Porcaro un visage exprimant l'innocence étonnée. Porcaro dut se résigner à prononcer ces mots affreux :

– Seigneur Faber, vous êtes à nouveau échec et mat !

La tempête d'acclamations reprit sous la tente.

Exmoor jetait des regards effarés à droite et à gauche, comme épouvanté par l'ampleur de son propre succès. Porcaro se pencha vers Faber et échangea quelques mots avec lui au milieu du tumulte.

Puis, il demanda le silence et s'adressant à Exmoor, il dit :

– Seigneur Exmoor après deux victoires successives, vous êtes définitivement vainqueur, et je ne sache pas dans toute la région de meilleur joueur que vous. Mais, il est une coutume que je vous propose d'honorer, celle de jouer la « belle », une troisième partie dont l'issue n'importe pas et qui est jouée par simple amour du jeu, donc sans obligation ni sanction. Voulez-vous donc jouer la belle ? Pour cette partie, bien entendu, vous aurez droit aux blancs.

Exmoor ayant acquiescé, tout le monde reprit sa place et l'attente silencieuse reprit.

Exmoor allait-il gagner une troisième fois ?

Il réfléchit longuement en regardant l'échiquier. Puis sa grosse main bougea et il déplaça sa tour droite en **T hl - g3**, comme s'il se fût agi d'un cavalier. Puis, il leva un regard interrogateur vers son adversaire.

Porcaro intervint.

– Seigneur Exmoor, nous ne comprenons pas. Il n'est pas possible de jouer ce coup.

– Pourquoi ? demanda Exmoor. Ma pièce ne peut se déplacer de la sorte ?

– Seigneur Exmoor, dit Porcaro, il s'agit d'une tour, non d'un cavalier. L'ignorez-vous ?

– Ami Porcaro, ami Faber, dit Exmoor en se levant – et son ventre heurtant l'échiquier fit culbuter toutes les pièces – franchement oui, je l'ignorais. Comme j'ignore tout de ce jeu. C'est la première fois de ma vie que je touche une pièce d'échec, et, ma foi, je n'ai toujours rien compris aux règles de ce jeu. Et pour tout vous dire, je m'en soucie comme d'une guigne.

Faber se leva à son tour, et pour une fois, il paraissait bien trembler de colère.

– Vous prétendez tout ignorer des échecs et vous venez de me battre en moins de douze coups, et par deux fois ?

– C'est la pure vérité, messeigneurs, et croyez bien que j'en suis aussi surpris que vous.

– Mais alors comment avez-vous pu répondre coup pour coup à mes traits, et avec un pareil succès ?

– Mais c'est très simple, ami Faber. Ne sachant rien de ce jeu, il ne me restait qu'une seule ressource : vous imiter point par point. C'est ce que j'ai fait. A chacun de vos coups, j'ai répondu par un coup identique. Que j'aie pu vous battre, et par deux fois, en jouant de la sorte, ça voyez-vous, c'est le miracle de Fortuna.

Et retirant une fois de plus sa perruque, il l'embrassa avec emportement.

Un rire énorme gonfla la toile de la tente.

Les Anglais se donnaient de violentes bourrades en hurlant de joie. Jamais, non jamais un chef militaire n'avait connu une pareille ovation !

Faber et Porcaro se dirigeaient vers la sortie, accompagnés de leurs deux serviteurs. Exmoor les rejoignit.

– J'espère, messeigneurs que mon hospitalité vous laissera un heureux souvenir. Bien entendu, je garde la sorcière vénitienne qui me plaît infiniment, je l'avoue, avec sa joue ronde et miroitante. L'image grotesque qu'elle me donne de moi-même me comble de gaieté. Mais à propos de souvenir, seigneur Faber, ne partez pas les mains vides et laissez-moi vous en offrir un qui vous rappellera cette soirée mémorable et dont vous me paraissez avoir le plus grand besoin, car c'est un puissant porte-bonheur, comme vous venez de le constater.

Et il lui tendit à deux mains son énorme perruque, blonde et frisée, toute humide de sa propre transpiration. Faber hésita. Il ne manquait plus que cela pour mettre le comble à cette soirée bouffonne ! Puis, il haussa les épaules et, arrachant à Exmoor son porte-bonheur chevelu, il gagna la sortie à pas rapides.

Un peu plus tard, comme ils approchaient de la Combe-aux-Geais, Porcaro rompit le silence maussade de Faber.

– Ce qui m'émerveille, voyez-vous, dans toute cette histoire, c'est la constance du thème du miroir qui s'y trouve. Car ces deux parties d'échecs extravagantes étaient bien des parties-miroir : à chaque coup, les blancs et les noirs reproduisaient exactement la même disposition des pièces. Or, c'était votre miroir vénitien qui formait l'enjeu de la rencontre. Et notez encore ceci. Ne pourrait-on pas dire que le camp des assiégeants et celui des assiégés sont chacun l'image fidèle de l'autre à travers la muraille de la citadelle assiégée ? Comme tout cela est étrange !

Faber ne répondit pas. Mais ces réflexions rejoignaient très précisément celles qu'il se faisait depuis des semaines.

Coup de théâtre

La nuit du 14 décembre aurait été illuminée par la pleine lune, si un épais brouillard n'avait pas noyé toute la vallée de la Loire dès le crépuscule. Il en résultait une obscurité nacrée dans laquelle on marchait comme dans un rêve. Peut-être était-ce l'effet de cette atmosphère irréelle, ce soir-là les ruelles de la ville étaient étrangement calmes et on n'avait pas vu de ces cavalcades d'ivrognes ni de ces échauffourées de joueurs devenues monnaie courante à mesure que la situation intérieure se dégradait. En se remémorant les premières heures de cette nuit, Faber pensa plus tard qu'il y avait eu de l'attente, du recueillement dans l'air, comme si chacun avait obéi à l'obscur pressentiment d'événements exceptionnels.

Au quart avant minuit, les gens d'armes de service se préparaient, en buvant du vin chaud, à la ronde réglementaire qu'il allait être temps d'effectuer. Le silence était impressionnant, presque anormal. Il fut soudain déchiré par une détonation brutale qui secoua toute la ville. Que se passait-il ? Les Anglais avaient-ils lancé un assaut ? Chacun se précipita sur ses armes et se hâta de gagner son poste de combat. On courait en tous sens dans les escaliers et les chemins de ronde des remparts. Bientôt, un attroupement encombra les abords du créneau où était fixée la couleuvrine braquée sur la nuit. L'arme fumait encore. Il était clair que le coup avait été tiré quelques secondes plus tôt. Une torche fichée au mur faisait danser sa flamme. Mais qui avait allumé la mèche ? Les questions et les vociférations allaient bon train, quand un archer survint en traînant par l'oreille un curieux personnage. C'était un enfant – à en juger par la taille – mais on aurait pu le prendre pour une femme en raison de l'énorme perruque blonde qui le coiffait. Au moment même où retentissait la détonation, on l'avait vu courir coiffé de sa perruque sur

le rempart. On venait de le retrouver, caché dans une échauguette.

C'était Lucio. Il avoua qu'il avait volé la perruque chez son père pour s'en amuser avec des camarades de son âge. Mais passant devant le créneau où était fixée la couleuvrine, il s'était attardé pour admirer le bel objet. Elle était chargée, car la mèche sortait en se tordant dans la lumière. Au mur, la torche allumée jetait des lueurs fantasques sur le créneau. La nuit argentée par la brume invitait à un acte magique. Lucio n'avait pu résister à la sollicitation des choses. Il avait décroché la torche et avait approché sa flamme de la mèche. Laquelle s'était immédiatement embrasée en fulminant. Épouvanté, l'enfant avait remis la torche en place et s'était enfui. Moins d'une minute plus tard, le coup partait.

On le jeta en prison et chacun regagna ses aires en grommelant. Faber apprit la nouvelle de l'arrestation de son fils avec un chagrin mêlé de sombre satisfaction. Ainsi, la chance absurde qui semblait vouloir toujours sourire à ce petit vaurien l'avait pour une fois abandonné. Quant à la perruque d'Exmoor, il ne savait même plus ce qu'il en avait fait, et tant mieux si elle amusait les enfants pour se déguiser ! Il interviendrait auprès du comte pour faire libérer Lucio quand il estimerait la leçon suffisante.

Le lendemain matin, le jour se leva, mais non la brume. La ville et la vallée baignaient dans une éblouissante cécité laiteuse. Les assiégés – dont la nuit avait été écourtée par la fausse alerte – sortirent plus tard qu'à l'accoutumée. Une surprise attendait ceux qui s'égaillèrent sur les remparts : le silence du camp anglais. D'habitude une rumeur de vie montait du camp, sonneries de trompettes, aboiements de chiens, jurons, chants, tintements du marteau du maréchal-ferrant sur son enclume. Or ce matin-là, on avait beau tendre l'oreille à travers l'épaisseur du brouillard, c'était le silence complet. A nouveau on s'inquiéta. Que signifiait ce calme insolite ? N'était-ce pas l'imminence d'un assaut ? Chacun s'arma et vint occuper son poste de combat, cependant que les civils, terrés chez eux, attendaient en tremblant.

Ce fut à 10 h 10 que le coup de théâtre eut lieu. A cette minute précise, une faible brise de sud-ouest balaya le brouillard, et un soleil éclatant illumina la campagne. Penchés sur les créneaux, les assiégés scrutaient l'espace en direction du camp anglais. Que virent-ils alors ? Rien. Il n'y avait plus rien ni personne. Plus une tente, plus un homme, plus un cheval, plus un chien. Les Anglais avaient levé le siège. Plus un cheval ? Si tout de même, une pauvre haridelle qui boitillait en baissant la tête vers les tas d'ordures et les feux éteints.

La nouvelle se répandit immédiatement dans la ville. Une joie bruyante succéda à la stupeur. On s'embrassait, on se congratulait – en oubliant que quelques heures auparavant presque tout le monde voulait se rendre aux Anglais. Pour la première fois depuis des mois, les portes de la ville furent ouvertes et le pont-levis abaissé.

Comme c'était bon de pouvoir à nouveau prendre le large sans obstacle ! On retrouva le village de Boisrenard.

L'auberge qui avait fait si bon accueil aux Anglais fut saccagée, et le propriétaire et sa femme ne durent leur salut qu'à une fuite précipitée. Sylvain, le jeune serveur, qui avait été emmené de force au camp anglais sur un caprice d'Exmoor, ne fut pas inquiété, d'autant moins qu'il avait beaucoup à dire sur ce qui s'était passé. Il était dans la tente d'Exmoor au moment crucial de cette nuit mémorable. Il avait tout vu, tout entendu. Il raconta.

Le commandant avait longuement et copieusement dîné avec son état-major. On avait beaucoup bu aussi, et sans doute plus que de raison. Les esprits étaient échauffés et les visages cramoisis. De quoi parlait-on ? Sylvain se souvenait que les officiers faisaient grief à leur commandant d'avoir donné sa perruque à Faber. N'était-elle pas la mascotte du régiment ? Sa perte n'allait-elle pas se révéler funeste ? Mais c'était surtout la question de la poursuite du siège de Cléricourt qui enflammait la dispute. Il fallait abandonner l'espoir qu'on avait eu un moment

74

de voir arriver de l'artillerie. Dès lors on devait renoncer à prendre la citadelle dans un avenir prévisible. Les officiers et les hommes ne supportaient plus l'inaction à laquelle ils étaient condamnés. Il ne restait plus qu'à lever le siège. Il était tout juste temps si l'on voulait fêter Christmas en famille.

Ce dernier argument avait déchaîné la colère d'Exmoor. Il avait tambouriné des deux poings sur la table en criant à la désertion, à la trahison. La chance était avec lui, comme le prouvait la soirée mémorable où il avait ridiculisé Faber. Et il montrait du doigt le miroir vénitien, preuve concrète de sa faveur auprès de Fortuna.

Ensuite, il s'était tourné vers Sylvain et lui avait ordonné d'apporter la fameuse coupe. Sylvain s'exécuta. Exmoor lui commanda ensuite de la remplir de vin nouveau. Puis il se leva et voulut porter un toast solennel à la manière anglaise. Le bras levé, il attendit que le silence se fasse. Enfin il prononça :

– Aussi longtemps que je boirai dans cette coupe… je jure, foi d'Exmoor… que…

On ne sut jamais ce qu'il voulait jurer. Peut-être de ne pas quitter les bords de la Loire sans avoir conquis Cléricourt ? On ne le sut jamais,

car il se produisit alors un événement stupéfiant, incroyable, incompréhensible. Une balle de couleuvrine traversa la toile de la tente, percuta la coupe dans la main d'Exmoor et acheva sa trajectoire en pulvérisant le miroir vénitien placé derrière lui. On aurait pu croire que le coup était parti d'un point proche de la tente. Mais pas du tout, car on entendit la détonation lointaine de départ presque une seconde après l'impact de la balle. Il fallait supposer que le coup avait été tiré des remparts de la ville, mais comment admettre un pareil carton en pleine nuit, en plein brouillard, à une distance aussi énorme ?

Exmoor était inondé de vin et couvert d'éclats de cristal. Son « superbe mufle » paraissait vidé de son sang et aussi blême que sa collerette. Il regardait hébété le pied de la coupe qui lui était resté dans la main. Il se tourna à demi pour contempler le miroir brisé. Puis il se laissa tomber dans son fauteuil. Il prit sa tête dans ses mains et demeura un bon moment silencieux. Enfin il prononça ces mots d'une voix tellement altérée qu'on avait peine à la reconnaître :

– J'ordonne que toutes les mesures soient prises afin que nous ayons levé le camp avant le jour.

Tel fut le récit de Sylvain, seul témoin français d'un coup de chance à peine croyable auquel Cléricourt devait sa libération.

« Ainsi donc, pensa Faber, cette couleuvrine – qui devait permettre un tir précis, lucide, intelligent – n'a été que le jouet dérisoire de Fortuna. Et tout le monde est per-

suadé – comble de dérision – qu'Exmoor s'est perdu en offrant sa perruque fétiche à notre camp. Quelle misère ! »

Il eut pourtant au soir de ce jour une vision qui le remplit d'une fierté paternelle qu'il n'aurait avouée pour rien au monde à qui que ce soit. Lucio, son fils, son enfant – qui lui ressemblait si peu, hélas – avait été tiré de son cachot. On l'avait coiffé de la couronne obsidionale et on le portait en triomphe comme le libérateur de la ville dans les lueurs brutales des pétards et des feux de joie.

TABLE DES MATIÈRES

L'ENNEMI À ABATTRE 9

LE LION ET LE HIBOU 15

LE DÉFI D'EXMOOR 29

UNE ÉTRANGE PARTIE D'ÉCHECS 49

COUP DE THÉÂTRE 69

L'AUTEUR, L'ILLUSTRATEUR 82

MICHEL TOURNIER
L'AUTEUR

Où êtes-vous né ?

M. T. Je suis né à Paris dans le 9e arrondissement, près du square Louis XVI. Ce petit jardin sinistre avec son « mémorial » lugubre était la fosse commune où l'on jetait pendant la Terreur les cadavres des guillotinés. C'est là que j'ai appris à marcher. J'étais si malheureux à Paris que mes parents ont été obligés de déménager pour que je cesse de dépérir. J'en ai toujours gardé une rancune tenace à l'égard de ma ville natale. Donc j'avais sept ans quand ils s'installèrent à St-Germain-en-Laye. Ma vie a vraiment commencé là. J'ai eu tout ce qu'il me fallait : un jardin, une bicyclette, un chien, la forêt et la terrasse de Saint-Germain, un cheval.

Où habitez-vous maintenant ?

M. T. J'habite depuis trente-cinq ans non loin de Saint-Germain dans les Yvelines, un minuscule village près de Chevreuse. Son nom : Choisel. Je suis dans l'ancien presbytère avec l'église directement dans le jardin. C'est là que j'ai écrit tout ce que j'ai publié.

Quand avez-vous commencé à écrire ?

M. T. La vocation vient habituellement de l'admiration pour un métier ou une œuvre. Mon premier « choc » littéraire a été *Le merveilleux voyage de Nils Holgerson* de Selma Lagerlöf que l'on m'a donné quand j'avais neuf ans. Je possède toujours l'exemplaire. J'ai pensé alors qu'il n'y avait rien de plus beau qu'un livre. Mes lectures ultérieures ne m'ont pas déçu. Les étudiants français de Rio de Janeiro m'ont demandé récemment quelle œuvre littéraire il fallait lire si l'on en lisait qu'une seule. J'ai répondu *Trois contes* de Gustave Flaubert. A partir de là, j'ai écrit des narrations ou des lettres à des amis avec l'idée d'atteindre le meilleur niveau littéraire. A mes yeux, c'étaient mes premières « œuvres ».

ÉCRIVEZ-VOUS CHAQUE JOUR ?

M. T. Oui, j'écris chaque jour, mais bien sûr, pas une page ou deux bonnes à publier telles quelles. Cela ferait une œuvre gigantesque. Or je suis au contraire l'un des auteurs les plus « parcimonieux » qui soient. Une dizaine de livres au total. C'est bien pour ceux qui veulent avoir tout lu de moi.

ÊTES-VOUS UN AUTEUR À TEMPS COMPLET ?

M. T. Oui, je suis un auteur « à temps complet », en ce sens que ne fais que cela et que je ne pense qu'à cela. Mais il y a les « petits » boulots et le « grand métier ». Le grand métier, cela consiste à écrire un roman ou des nouvelles. Les « petits boulots » répondent à des commandes variées, urgentes, et qui demandent peu de temps. Par exemple, faire un article pour un journal, une préface pour un livre, une conférence en France ou à l'étranger. Récemment un magasin de luxe vendait pour Noël des petits animaux en cristal pouvant tenir dans la main. Il y avait un chat, un lapin, une chouette, un canard et une tortue. On m'a demandé pour la publicité de rédiger l'éloge en dix lignes de chacune des bestioles. Ou bien c'est une devise d'une ligne à écrire sur le mur d'une bibliothèque pour les jeunes (J'ai proposé : « Lisez, lisez, lisez, ça rend heureux et intelligent ! ») Ces petites commandes sont amusantes, mais elles peuvent faire perdre du temps.

EST-CE QUE *LA COULEUVRINE* DÉCOULE D'UNE EXPÉRIENCE PERSONNELLE ?

M. T. Non, je ne tire presque rien de ma vie personnelle. Les histoires que je raconte sont vécues par des personnages inventés, très différents de moi. En fait, il y a deux sortes d'auteur, ceux qui ne savent raconter que leur propre vie (J.-J. Rousseau, Chateaubriand) et les vrais romanciers qui inventent tout (Balzac, Flaubert). Je crois que j'appartiens plutôt à cette seconde famille. Je n'ai écrit qu'un livre sur moi-même (*Le vent Paraclet*), c'est mon canard boîteux.

QU'EST-CE QUI VOUS A INSPIRÉ ?

M. T. Ce qui m'inspire, c'est un grand sujet. Par exemple, dans *Vendredi*, le drame de la solitude de Robinson et ensuite les difficultés de sa confrontation avec le sauvage Vendredi. Dans *La goutte d'or*, c'est le travailleur immigré nord-africain en France, etc. *La couleuvrine* a pour héros un homme qui croit en la raison et qui veut éliminer le hasard. Mais peut-on éliminer le hasard et vivre dans un monde totalement organisé, sans chance ni malchance ? Je crois que c'est une grande question que chacun vit à sa façon. Arrivé à un certain âge, il est intéressant de se demander : ai-je eu au total de la chance ? Ai-je mérité les bonheurs et les malheurs qui me sont arrivés ?

QUEL CONSEIL DONNERIEZ-VOUS À UN ÉCRIVAIN DÉBUTANT ?

M. T. Pour apprendre le métier d'écrivain, il n'y a que deux choses à faire. Premièrement, lire, lire et encore lire. De bons livres naturellement. On n'a jamais vu un écrivain qui n'a pas été un lecteur passionné dans sa jeunesse. Encore aujourd'hui, je lis plusieurs heures par jour. Ensuite, eh bien il faut écrire. Et écrire tous les jours. Tout ce qu'on fait sérieusement, on le fait tous les jours. La peinture, la musique, le sport, les mathématiques, etc, les « pros » s'y exercent tous les jours. Et le meilleur pour écrire tous les jours, c'est de tenir un journal. S'efforcer de noter chaque jour quelque chose et donc d'observer toute la journée pour avoir quelque chose à noter le soir. Mais attention ! c'est un métier solitaire, et ça, c'est très dur. La plupart des métiers s'exercent en équipe, ou au contact d'autres personnes. Le pauvre écrivain travaille tout seul. personne pour l'aider, le consoler si ça ne va pas, le féliciter si ça va. Il y en a qui préfèrent cela. Ce n'est pas mon cas. J'en souffre, mais par malheur je suis incapable de travailler avec quelqu'un. Pourtant, c'est un métier merveilleux. Chaque livre est une aventure totalement nouvelle : rassembler la documentation, écrire le livre et aussi le voir sortir en librairie et suivre son destin. C'est comme votre enfant qui s'aventure seul dans le monde. Il reçoit des fleurs, il reçoit des coups. Vous vous réjouissez et vous souffrez pour lui.

Michel Tournier a déjà publié aux Éditions Gallimard Jeunesse : *Pierrot ou les secrets de la nuit, Les rois mages, L'aire du muguet, Sept contes, Les contes du médianoche, Vendredi ou la vie sauvage.*

CLAUDE LAPOINTE
L'ILLUSTRATEUR

Claude Lapointe a réalisé les illustrations et la couverture de ce livre. Né en 1938 à Rémilly, en Moselle, il a suivi les cours de l'école des beaux-arts de Nancy, puis ceux de l'école des arts décoratifs de Strasbourg. Dessinateur, il anime aussi depuis 1973 l'atelier d'illustration de cette école et forme de nombreux élèves à cet « art à part entière », qu'il défend avec passion. Claude Lapointe a obtenu de nombreuses distinctions, dont le grand prix graphique de la foire de Bologne en 1982. Pour Folio Junior, il a illustré, entre autres, *Les Aventures de Tom Sawyer* de Mark Twain, *Sa Majesté des mouches* de William Golding et *La Guerre des boutons*, de Louis Pergaud.

YVAIN LE CHEVALIER AU LION

Chrétien **de Troyes**
n° 653

Malgré l'amour qu'il porte à son épouse, la belle Laudine, le chevalier Yvain s'en va combattre aux côtés du roi Arthur. Il a fait le serment de revenir au bout d'un an. Mais il manque à sa promesse et perd l'amour de Laudine… Désespéré, Yvain erre alors d'aventure en aventure, suivi par un lion à qui il a sauvé la vie. Saurat-il gagner par l'éclat de ses prouesses le pardon de celle qu'il aime.

PERCEVAL OU LE ROMAN DU GRAAL

Chrétien **de Troyes**
n° 668

Élevé au plus profond de la forêt galloise, le jeune Perceval ignore tout du monde qui l'entoure. Mais un jour, au détour d'un sentier, il rencontre cinq chevaliers. Ébloui, il sent s'éveiller dans son cœur le désir d'accomplir des prouesses dignes d'être célébrées. Il se rend à la cour du roi Arthur pour y être armé chevalier. Mais avant même d'avoir reçu, des mains de son suzerain, l'écu et la lance, il devra faire la preuve de sa vaillance.

LANCELOT LE CHEVALIER À LA CHARRETTE

Chrétien **de Troyes**
n° 546

Lancelot ne vit que pour l'amour de Guenièvre, la reine, l'épouse du roi Arthur, son suzerain. Un chevalier inconnu enlève Guenièvre et l'emmène dans un pays d'où nul ne revient. Pour l'amour de la reine, le preux Lancelot est prêt à accepter la pire humiliation jamais infligée à un chevalier : monter dans une charrette.

LE FANTÔME DE MAÎTRE GUILLEMIN

Evelyne **Brisou-Pellen**
n° 770

Pour Martin, l'année 1481 va être une année terrible. Quittant l'orphelinat d'Angers où il a été élevé, il vient d'arriver à l'université de Nantes. Il n'a que douze ans, et cela éveille les soupçons : a-t-il obtenu une faveur ? Son maître ne semble pas l'aimer, et, au collège Saint-Jean où il est hébergé, rôde, dit-on, le mystérieux fantôme de maître Guillemin. Les autres étudiants, beaucoup plus âgés, ne sont pas tendres avec lui. Un soir, il est même jeté dans l'escalier par deux d'entre eux. Le lendemain matin, on trouve l'un de ses agresseurs assassiné !

L'INCONNU DU DONJON

Evelyne **Brisou-Pellen**
n° 809

Les routes sont peu sûres en cette année 1354, et voilà Garin pris dans une bagarre entre Français et

Anglais, et enfermé au château de Montmuran. Il y a avec lui un drôle de prisonnier, un homme dont personne ne sait le nom. Garin découvre son identité. Hélas, cela ne va lui causer que des ennuis... surtout lorsqu'on s'aperçoit que le prisonnier s'est mystérieusement volatilisé.

L'HIVER DES LOUPS

Evelyne **Brisou-Pellen**
n° 877

Poursuivi par les loups qui pullulent en cet hiver très rigoureux, Garin trouve refuge dans une maison isolée où vit Jordane, seule avec ses deux petites sœurs. Qui est-elle ? Garin se rend compte que les villageois en ont peur, presque autant que des loups qui les encerclent. Mais il découvre bientôt que, dans ce village retiré de Bretagne, bien des gens ont intérêt à voir Jordane disparaître. Malgré les conseils de prudence, il prend pension dans la maison solitaire. Il ne peut pas savoir que du haut de la colline des yeux épient...

LE CRÂNE PERCÉ D'UN TROU

Evelyne **Brisou-Pellen**
n° 929

La bourse vide, Garin se rend au Mont-Saint-Michel dans l'espoir de trouver du travail comme scribe. Le lendemain de son arrivée, une relique, le précieux crâne de saint Aubert, est dérobée. Le monastère est sens dessus dessous... Sans compter que frère Robert n'est jamais là où il faut et qu'il a égaré des documents qui vont se révéler fort importants. Le vieux moine disparaît et quand on le retrouve, stupeur ! Est-il possible que le crâne de saint Aubert se soit vengé de si terrible façon ?

LE ROI ARTHUR

Michael **Morpurgo**
n°871

Le roi Arthur raconte sa vie à un jeune garçon d'aujourd'hui : « C'est une longue histoire, une histoire de grand amour, de magie et de mystère, de triomphe et de désastre. C'est mon histoire. Mais c'est l'histoire surtout de la Table Ronde où, autrefois, siégeait une assemblée de chevaliers, les hommes les meilleurs et les plus valeureux que le monde ait jamais connus… »

ROBIN DES BOIS

Michael **Morpurgo**
n° 864

Richard Cœur de Lion est parti en croisade et le prince Jean, son frère, assisté par le terrible shérif de Nottingham, règne en tyran sur l'Angleterre. Réfugiée dans la forêt de Sherwood, une bande de hors-la-loi défie leur autorité, dévalisant tous ceux qui se risquent à s'y aventurer. A leur tête se trouve Robin de Locksley, que ses amis ont surnommé Robin des Bois. Avec l'aide de frère Tuck, Much, Petit Jean et de la fidèle Marion, il s'est engagé, au nom du roi Richard, à rétablir la justice dans le pays.

LE VŒU DU PAON

Jean-Côme **Noguès**
n° 395

En pays d'Oc, en 1204, Grillot – le grillon – est un
jeune garçon qui a été trouvé à la fontaine. Ragonne, la
vieille serve qui l'a nourri et aimé, vient de mourir.
Deux ou trois fois l'an, Jordi le jongleur au rire éclatant
traverse le village. Il a promis à Grillot de l'emmener
avec lui dans son voyage, de château en château. Le
temps est venu du départ vers les montagnes, dont l'enfant rêve. Peut-être trouvera-t-il la réponse aux questions qui, jour après jour, l'obsèdent : de qui est-il le fils
et pourquoi l'a t-on abandonné ?

Conception de mise en page: Françoise Pham

Loi n°49-956 du 16 juillet 1949
sur les publications destinées à la jeunesse
ISBN 978-2-07-063200-8
Numéro d'édition: 291338
Premier dépôt légal : septembre 1999
Dépôt légal: juin 2015
Imprimé en Espagne par Novoprint